SIFALIEL, DER ENGEL MIT DEM ZERBROCHENEN SCHWERT

(Deutsche Ausgabe)

Wagner Paiva Fernandes

INHALT

Titelseite

Impressum

Einführung

1. Jaredee und Nhádia.   1

2. Der gnadenlose Influencer.   5

3. Was kannst du für mich tun, Jarede?   8

4. Jarede kehrt nach Hause zurück.   11

5. Der Engel Sifaliel.   14

6. Der Engel des zerbrochenen Schwertes.   17

7. Jarede und die himmlische Klinge.   20

8. Célio, Isaura und Tibério.   22

9. Tibério und der Nekromant.   26

10. Das blonde Mädchen und das Monster.   29

11. Júlio, der Pastellkoch, und Ingrid, die Schönheit.   34

12. Ingrid heiratet und zieht nach Australien.   40

14. Ingrid war glücklich in São Paulo.   41

13. Jarede bei Pastelaria Nakatomi.   44

14. Júlio Nakatomi und das Schwert des Engels.   48

15. Tubals Nekromantie.   52

16. Wilhelm der Prophet.   55

17. Tibério erwischt Isaura mit einem anderen Mann.   61

18. Der Prophet trifft den Engel Sifaliel. 64

19. Nhádia und ihre monströse Schwester Aidahn. 68

20. Die tausend Bräute von Jarede. 72

21. Júlio Nakatomi, Zeitreisender. 75

22. Tränen im Gefüge der Existenz. 80

23. Aidhans Rede auf der Burg von Jarede. 83

24. Nimm deine Hände von mir, ich gehöre nicht zu dir. 86

25. Sing mir Lieder über Jesus. 90

26. Rache. 97

27. Unterbrochenes Schicksal. 103

28. Die Dankbarkeit der Fürsten. 110

Über den Autor 113

EINFÜHRUNG

Der kosmische Krieg zwischen Gut und Böse ist für den rangniedrigen Engel Sifaliel nicht so glamourös und episch. Als er auf einer gewöhnlichen Mission zur Erde geschickt wird, gerät er in große Schwierigkeiten, als er von Dämonen angegriffen wird und sein Schwert zerbricht. Was passiert, wenn der übergewichtige Nerd Jarede eine Scherbe des himmlischen Schwertes findet, die mit magischen Kräften ausgestattet ist? Wird es dem Propheten William gelingen, die Dämonen daran zu hindern, in unsere Welt einzudringen? Hat jemand das Recht, Magie einzusetzen, um die Liebe zu erlangen, nach der er sich sehnt? Wird es der Influencerin Nádia gelingen, ihre äußere Schönheit mit ihrem Narzissmus und ihrer Grausamkeit in Einklang zu bringen? Verfolgen Sie in diesem fantasievollen Werk aus Romantik, Fantasie und Fiktion die faszinierende Geschichte darüber, was passiert, wenn Himmel, Hölle und die Hormone liebeskranker Teenager aufeinanderprallen.

1. JAREDEE UND NHÁDIA.

Um halb neun Uhr morgens, auf dem Weg nach Ende Juli, näherte sich ein Bus aus Serra Negra der Stadt Jaguariúna (Bundesstaat São Paulo, Brasilien), ohne allzu große Eile zu haben. Es war ein eiskalter Tag und Jarede hatte in der Aufregung des Treffens vergessen, ein Hemd mitzubringen. „Toll, ich werde vor Kälte zittern, schöner erster Eindruck", dachte er, als er vom Sitz aufstand, während der Fahrer das Fahrzeug am

Busbahnhof anhielt. Nicht, dass es viel brauchte, um einen schlechten Eindruck zu hinterlassen: Jarede war nicht gerade ein Glückspilz, wenn es um sein Aussehen ging. Er war stämmig und hatte sich bei einer Schlägerei in der Schule, die in einer Katastrophe endete, ein Auge ausgestochen, als der Junge noch neun Jahre alt war.

Ein Mädchen hatte Jaredes Vater beleidigt und ihn wegen seiner Inhaftierung als Banditen bezeichnet. Der Pummelige sprang auf das Mädchen los und fing an, es zu schlagen.

Später kamen einige ältere Jungen, um es ihm zu rächen, und schlugen den Jungen so heftig, dass er fast auf beiden Augen erblindete. Darüber hinaus waren seine Gesichtszüge nicht gut geformt, sein Aussehen hatte etwas von einem Ogerjungen. Aber in seinen Gefühlen hegte Jarede eine unaussprechliche Sehnsucht nach Schönheit. Es war vielleicht so, als ob er sich mit seinem Schicksal im Leben nicht zufrieden geben würde.

Einmal, im Alter von dreizehn Jahren, bat er einen Pfarrer, für ihn zu Gott zu beten, damit Gott ihn schön und reich mache und er eine Freundin haben könne.

Der Prediger antwortete, dass Gott solche Gebete nicht erhöre und dass er danach streben sollte, im Leben das zu bekommen, was er wolle. Jarede spuckte dem Minister ins Gesicht und rannte weg.

Und in diesem Moment hatte er nicht vor, dem Priester einfach ins Gesicht zu spucken ...

Nhádia war nach Jaredes Einschätzung die perfekte Frau. Sie hatte gelbes Haar und es war wirklich gelb, nicht gefärbt. Ihre Augen waren blau, ihr Körper war schlank und sie war vor drei Monaten vierundzwanzig geworden, ein Jahr älter als der dicke Mann. Sie war Lehrerin und er war arbeitslos. Er arbeitete mit einem Freund seiner Mutter als Elektrikerassistent zusammen, aber der Mann meinte, der junge Mann sei zu ungeschickt für den Job. Er weinte vor Wut, als er sich daran erinnerte, was passiert war, weil er Geld für das Treffen mit Nhádia brauchte.

Mit seinem letzten Kleingeld bezahlte er das Busticket Serra Negra/Jaguariúna und hatte nicht einmal Geld, um mit dem Mädchen in der Bäckerei einen Kaffee zu trinken. Wenn er auch nur einen Cent ausgab, würde er zu Fuß in seine Stadt zurückgehen. Sie lernten sich über die Dating-App Tinder kennen. Jarede sagte, Nhádia sei wunderschön und er wolle sie persönlich sehen. Nhádia akzeptierte und der Junge konnte sein Glück kaum fassen. Tatsächlich war die Blondine völlig gnadenlos. Von außen wunderschön, aber im Inneren ein wahres Monster, war Nhádia eine Narzisstin und neben ihrer Tätigkeit als Lehrerin auch eine Instagram-Influencerin und völlig egozentrisch. Manche würden sagen, sie sei böse und lache gern über Jarede und nicht mit ihm. Sie hatte auf ihrem Konto in ihrer Foto-App bereits ein Video gepostet, in dem sie von ihrer bevorstehenden Begegnung mit einem fetten Spinner erzählte und wie sie das alles für ihre Follower filmen wollte. „Hallo meine Lieben, heute wird Tante Nhádia-cute einen „Fast-Quasimodo" treffen, einen sehr schlecht gemachten Jungen, und ich werde alles für euch filmen. Hinterlassen Sie viele Likes, viele, viele Likes."

2. DER GNADENLOSE INFLUENCER.

Jaredes Bilder auf dem Tinder-Account waren laut Nhádia einfach erbärmlich. Auch der arme Kerl, was könnte er tun, um weniger abstoßend auszusehen, überlegte der Influencer.

Tatsächlich war der junge Mann absolut unattraktiv. Allerdings sehnte er sich nach der Schönheit, die er nicht hatte, auch wenn sie sich in einer Frau manifestierte, die ihn vielleicht vervollständigte.

Nhádia war sich sicher, dass es niemanden auf der Welt

gab, der besser war als sie. Ihr Lächeln auf Hunderten, nein, Tausenden Instagram- und Facebook-Fotos ließ sie umgänglich, vielleicht sogar süß aussehen.

Sich ihr zu nähern war jedoch wie das Betreten der Höhle eines hungrigen Monsters, und wenn sie Jarede die Chance auf eine Begegnung bot, dann nur, um das arme Ding zu vernichten und Spaß damit zu haben.

Jarede wusste natürlich nichts davon.

Er betrat das Café, in dem sie sich verabredet hatten; Es lag an einer Ecke und zwei Blocks von der großen Brücke entfernt, die die Altstadt von der Neuen trennte.

Auf dieser Brücke, so sagten die Alten, öffnete sich in einer regnerischen Nacht Anfang August, vor etwa zwanzig Jahren, ein Riss in der Luft. Sie kannten das genaue Datum, aber es ist mir jetzt entfallen.

Die Sache ist die, dass aus diesem Riss im Schleier der Realität zwei riesige Wesen hervorkamen, größer als ein großer Mann, bedeckt mit Haaren und scharfen Zähnen, sie hatten Ohren wie die eines Hundes, mit Krallen wie die eines Faultiers.

Niemand weiß, was diese Monster waren, aber viele

Menschen sahen sie, bis sie sich wie ein altes Fernsehsignal auflösten, als die Antenne schwach war.

Nhádia las ein Buch von Neil Gaiman und trank schwarzen Kaffee.

Ihr Handy war so ausgerichtet, dass sie beide auf Video aufnehmen konnte, während Jarede sich an den Tisch setzte.

Er ging auf die Schönheit zu, stolpernd, ungeschickt und voller Aufregung und Angst; Er roch das sanfte und süße Parfüm des Mädchens und bevor sie ein Wort sagte, war er bereits verliebt.

Jarede versuchte, sich zu ihr zu beugen, um sie zu umarmen, aber sie stieß ihn mit Gaimans Buch ab.

„Zu früh, setz dich hin", sagte sie, während sie ihr Handy auf dem Stativständer ausrichtete und mit dem Filmen begann.

„Nehmen Sie auf?", fragte der leidenschaftliche Mollige.

„Ja, als Andenken", sagte sie und versuchte, ihr Lachen zu unterdrücken.

3. WAS KANNST DU FÜR MICH TUN, JAREDE?

„**U**nd da? Was denkst du über mich?" Sie fragte.

„Oh... Du bist wunderschön." Sagte er, während sein Herz hämmerte und sein Magen sich zusammenzog und das Gefühl hatte, als würden „Schmetterlinge im Magen fliegen".

„Hmm... Willst du wissen, was ich von dir gehalten habe?"

Er nickte, er war zu nervös, um zu sprechen.

„Du bist hässlich. Sehr hässlich", verkündete Nhádia. „Dein durchbohrtes Auge ist seltsam, du bist fett, seltsam, breite Hüften, und das ist bizarr. Ich glaube, ich würde lieber sterben, als gesehen zu werden, wie ich mit dir spazieren gehe."

„Ah...", flüsterte Jarede, während ihm Tränen in die Augen stiegen.

„Jarede, was kannst du für mich tun? Warum sollte eine Frau wie ich an einem Mann wie dir interessiert sein?"

Sie schwiegen ein paar Sekunden lang, Tränen benetzten immer noch ihre dicken Wangen.

„Nichts... Ich kann dir nichts anbieten..."

„Dann verschwinden Sie jetzt von hier, bevor ich die Polizei rufe."

Der junge Mann stand auf und verließ das Café mit gesenktem Kopf, während Nhádia ihren Followern auf

Instagram berichtete:

„Das stimmt, meine Lieben, Tante Nhádia leidet. Können Sie sich vorstellen, dass ich diesen Ball aus einäugigem Schmalz habe? Denken Sie nicht einmal darüber nach. Viele Likes jetzt, nicht wahr, Küsse für alle!"

4. JAREDE KEHRT NACH HAUSE ZURÜCK.

Zurück am Busbahnhof stellte Jarede fest, dass sein Geld nicht für sein Rückfahrticket reichte. „Ich bin 18:50", sagte er. „Wie weit kannst du gehen?"

Aus Mitleid mit dem jungen Mann erklärte die Kassiererin, dass es um sechs Uhr einen Bus gab, der Jaguariúna verließ und in der Nähe von Serra Negra vorbeifuhr, obwohl er nicht in die Stadt hineinfuhr. Für diesen Preis könnte ich in dieses Auto einsteigen.

Der junge Mann dankte und nahm den Vorschlag an, übergab den Betrag und erhielt den Fahrschein.

Er hielt es mit einer gewissen Melancholie fest, als er daran dachte, wie lange er warten müsste, bevor er an Bord ging.

Es begann zu regnen und Jarede beobachtete, wie die Blitze über den vom Sturm verdunkelten Himmel zuckten.

Ihm war furchtbar kalt und der Hunger bestrafte ihn, ebenso wie die Erinnerung an Nhádias Worte.

Zur verabredeten Zeit stieg Jarede die Stufen des großen Überlandbusses hinauf und stellte erfreut fest, dass es im Passagiergang viel wärmer war.

Er saß im Gemeinschaftssessel und dachte über das Geschehene nach.

Nhádia und die Ablehnung, die sie erlitten hatte. Etwas in ihm fragte: „Wie könnte es anders sein?"
Aber sie sei grausam gewesen, argumentierte er.

„Wie grausam das Leben ist..."

„Nicht grausam, gleichgültig ... chaotisch."

Jarede glaubt seit vielen Jahren nicht mehr an Gott, er glaubt weder an das Übernatürliche noch an Engel und nicht einmal an Dämonen. Aber um die Situation des Pechvogels noch komplizierter zu machen, gibt es sie alle.

5. DER ENGEL SIFALIEL.

itten im Sturm, auf einem Feld voller Unkraut und Bäumen mitten auf dem Berg, öffnete sich ein Riss in der Luft, als würde das Gefüge der Realität zerreißen wie alte, zerrissene Hosen.

Ein niederrangiger Engel namens Sifaliel trat durch das Portal. Seine silberne Rüstung schimmerte in einem Glanz, der der Kreatur ein unbestreitbar herrliches Aussehen verlieh.

Es sah aus wie ein riesiger Elf mit fast keiner Nase, mit spitzen Ohren und flammenden Augen, Haar und

Haut weiß wie Milch, trug ein riesiges Schwert auf dem Rücken und hatte breite Flügel wie ein Pelikan.

Er spürte, wie der Regen auf seine neu materialisierte Haut fiel, und hielt inne, um zu versuchen, sich selbst zu lokalisieren. Er war auf die Erde gekommen, um ein Gebet zu erhören, und war wochenlang durch Schichten und außerdimensionale Bereiche gereist, die das Himmelreich mit der menschlichen Realität verbinden.

Er war hungrig, hatte aber nicht vor, seine Rationen zu essen, bis er die Mission beendet hatte. Er wusste, dass die Rückreise genauso schwierig sein würde.

Sifaliel fühlte sich verfolgt, sah aber keine Gegner um sich herum.

Der himmlische Soldat öffnete seine pelikanähnlichen Flügel und flog in Richtung des Hauses, in dem er die ihm zugewiesene Mission erfüllen sollte.

Sobald er abhob, sprangen zwei riesige Kreaturen auf seine Flügel und warfen ihn zu Boden.

Sifaliel rollte von den Angreifern weg und versuchte, den unerträglichen Schmerz zu ignorieren, den er in den von den Klauen der Kreaturen zerrissenen Flügeln verspürte.

Er stand auf und zog sein Schwert. Die Kreaturen wichen zurück und starrten ihn immer noch an.

Es handelte sich um zwei Dämonen der mittleren Kaste, wahrscheinlich Nephilim aus der Zeit vor der Sintflut, die durch nekromantische Zaubersprüche materialisierten.

Sifaliel kannte diese Sorte, er wusste, dass ihnen nicht viel Zeit blieb, die Materialisierung dauerte ein paar Minuten und bald würden sie nur noch Rauch sein.

Er brauchte nur ein paar Momente lang Widerstand zu leisten, und dann wäre er frei.

Er brüllte etwas in der göttlichen Sprache und die Monster brüllten in der höllischen Sprache zurück, und so lieferten sich die drei einen erbitterten Kampf.

6. DER ENGEL DES ZERBROCHENEN SCHWERTES.

Der Bus hielt an Jaredes Endhaltestelle, er dankte ihm und machte sich auf den langen Heimweg. Es regnete immer noch stark und der Junge würde mit Sicherheit völlig durchnässt an seinem Ziel ankommen.

Der schnellste Weg zurück war, in einer etwa vier Kilometer langen Fahrt mitten durch den Berg, durch

Weiden und Wälder zu fahren.

Jarede bedauerte, dass er zu dem Treffen mit Nhádia keinen Regenschirm mitgenommen hatte, aber er brachte es nicht übers Herz zu rennen, um dem Niederschlag auszuweichen, er fühlte sich in diesem Moment einfach wie ein Verlierer.

Nachdem Jarede ein paar Minuten durch das Feld gelaufen war, begann er mitten im Wald seltsame Blitze zu sehen. Sie kamen vom Boden und nicht vom Himmel, und ihre Geräusche waren wie explodierende Bomben.

Er setzte seine Reise fort, bis er Zeuge einer absolut unglaublichen Szene wurde: Drei riesige Kreaturen kämpften mitten im Wald gegeneinander, und bei jedem Schlag erschienen Blitze, ein Beweis dafür, dass beim Aufprall zwischen Klinge, Hörnern und ... eine enorme Energiemenge freigesetzt wurde Krallen.

Jarede versteckte sich hinter einem großen Felsen und beobachtete weiterhin das bizarre Schauspiel.

Siehe, bei einem der Schwerthiebe des Engels gegen die Hörner eines der Dämonen brach ein Krachen und Blitz aus, der viel größer war als die vorherigen, und Jarede wurde mit einer Schockwelle nach hinten geschleudert.

Sifaliels Schwert brach und ein großes Stück der Klinge flog auf Jarede zu und traf ihn direkt in den Bauch.

Gleichzeitig rissen die Dämonen dem göttlichen Gesandten einen Flügel und einen Arm ab; Er kroch erschrocken zurück, zitterte vor Schmerz und war nicht in der Lage, einen weiteren Angriff zu starten, schwang aber immer noch sein zerbrochenes Schwert in der verbleibenden Hand, wenn auch schwach.

Sifaliel verkündete etwas in der Himmlischen Zunge und unter seinen Füßen öffnete sich ein falltürartiges Loch im Gefüge der Existenz, wodurch er von der Bildfläche verschwand.

Die Dämonen sahen sich einige Sekunden lang verwirrt an, doch die Nekromantie, die sie beschworen hatte, ließ bereits nach: Sie verwandelten sich in Rauch und verschwanden mitten im Sturm.

7. JAREDE UND DIE HIMMLISCHE KLINGE.

Jarede war furchtbar verletzt. Er hielt die Klinge fest, die in seinen Körper eingedrungen war, und versuchte sie zu entfernen, ohne Erfolg.

Der Schmerz war stark, fast unerträglich.

Er wünschte, seine Wunde würde zumindest für eine Sekunde aufhören zu schmerzen.

Dann leuchtete die Klinge auf und für eine Sekunde hörte der Schmerz auf.

Überrascht sehnte er sich danach, dass der Schmerz

endgültig aufhören würde. Wieder blitzte die Klinge auf und der Schmerz hörte vollständig auf.

Jarede strebte danach, das zerschmetterte Schwert aus seinem Magen zu ziehen, und es geschah; er wollte, dass sich die Wunde schloss und heilte, und das geschah sofort. Mit jedem neuen Verlangen leuchtete das himmlische Metall mehr und mehr.

Es dauerte nicht lange, bis der Junge verstand, was geschah. Der Bruchteil eines Schwertes, den er besaß, hatte magische Kräfte, so viel war klar.

Er wollte nach Hause gehen und ein Portal öffnete sich vor ihm. Und durch den Riss sah er das Wohnzimmer der Hütte, in der er lebte.

Ohne zu zögern betrat er den Spalt und war im Nu wieder sicher zu Hause.

Er war benommen und verwirrt durch das übernatürliche Erlebnis; Er verlor das Bewusstsein, teils vor Erschöpfung, teils aufgrund des Schocks über das Erlebte.

8. CÉLIO, ISAURA UND TIBÉRIO.

Vor etwa drei Jahren lud Célio Isaura ein, ins Kino zu gehen. Er war damals fünfundzwanzig und sie war achtzehn geworden. Célio war ein rothaariger Junge mit rundem Gesicht, er lieferte Pizza und Snacks mit seinem alten und heruntergekommenen Fiat Uno (einem brasilianischen Low-Budget-Kompaktwagen).

Isaura war eine brünette Studentin und obwohl klein, hatte sie eine attraktive Schönheit und war stilvoll gekleidet.

Er traf sie, als er eine Pizza zum Haus von Isauras Vater lieferte, wo das Mädchen lebte.

„Du bist wunderschön, wie lautet deine Telefonnummer?"

Sie mochte die Kühnheit des Ingwers und beschloss, dem entzückenden Spinner eine Chance zu geben.

Das Date verlief gut und sie fingen an, sich zu verabreden. Célio war zu gütig und harmlos, um ein wirklich attraktiver Mann zu sein, aber Isaura mochte seine umgängliche Art und die Beziehung lief einige Monate lang gut.

„Du bist die großartige Nachricht meines Lebens, ich gehe nicht aufs College oder in Clubs, du bist, was ich will."

Er erzählte es ihr, ohne zu ahnen, wie erdrückend diese Worte waren.

Célio verliebte sich mehr aus dem Wunsch, glücklich

zu sein, als aus irgendeinem anderen Grund in Isaura.

Isaura vertrieb sich nur die Zeit, aber sie hatte keine Lust, sie zu beenden, also zog sie es weiter in die Länge, auch wenn seine Liebesschwüre immer unangenehmer wurden.

„Du übertreibst", würde sie sagen. Und es war.

Nicht besessen, aber zu romantisch, um in dieser Welt zu überleben, ohne dass einem das Herz gebrochen wird.

Zu diesem Zeitpunkt betrat Tibério die Bühne. Er war Wachmann bei einer Bank in der Stadt und lernte Isaura kennen, als sie zur Agentur ging, um eine Rechnung für ihre Mutter zu bezahlen.

Auf dem Weg nach draußen ging er auf das Mädchen zu und fragte sie nach ihrem Namen, aber Isaura sagte einfach, dass sie einen Freund hätte. Tibério war sehr blass, mit einer riesigen Nase und hässlichen schwarzen Haaren, einem verweichlichten Gesicht und Tätowierungen auf seinem Arm. Obwohl er jung war, hatte er mit zweiunddreißig bereits einen geschwollenen und abstoßenden Bauch.

Er war ein ausgesprochen hässlicher Mann, und das dachte auch Isaura.

„Ich habe nach deinem Namen gefragt!" er brüllte gebieterisch.

Sie antwortete mit einer fast unwillkürlichen Geste: „Isaura ..."

Tibério war von dem Mädchen besessen und konnte nicht aufhören, an sie zu denken.

Er entdeckte ihre Telefonnummer und begann, sie täglich zu kontaktieren, doch die junge Frau empfand nichts als Ekel vor ihm.

Sie erzählte Célio nichts von dem Vorfall, die Tatsache, dass ein abscheulicher Mann auf sie zukam, ließ sie den netten Rotschopf ein bisschen mehr mögen, und jetzt hatte sie Angst, ihn zu verlieren.

9. TIBÉRIO UND DER NEKROMANT.

Aus den Tiefen seines Schlafes, betäubt von der Trunkenheit der vergangenen Nacht, wurde Tibério von einem scharfen Geräusch gerissen, das durch die Schichten der Bewusstlosigkeit, in die er versunken war, riss und ihn zurück in die wache Welt brachte.

Er betrachtete die Flaschen, die auf dem Boden lagen.

„Ich werde verrückt nach diesem Mädchen", schob er ihr die Schuld an dem Kater zu. Er setzte sich, trank einen Schluck Wasser aus der Plastikflasche neben dem Bett und griff mühsam nach seinem Handy. Die Uhr zeigte zwanzig nach acht, Tibério verlor nie Zeit, es war seine Insel der Disziplin in einem Ozean des Chaos. „Sie können heute um 18 Uhr kommen. Ich werde warten." Die Nachricht auf der WhatsApp-Anwendung stammte von einem Kontakt namens „Tubal, Zauberer". Anscheinend hatte Tibério ihn mitten im Alkohol kontaktiert und um Hilfe bei der Isaura-Frage gebeten. Der Nekromant war berühmt für seine Lösung Liebesprobleme durch Verzauberungen, ein Freund empfahl es und sagte, es sei nicht teuer. Um sechs Uhr nachmittags betrat er das Haus des Zauberers Tubal und erklärte ihm das Problem. Sechshundert Reais (brasilianische Währung), verkündete der Zauberer, während er eine rauchte Strohzigarette.

Welche Ergebnisse kann ich erwarten? fragte der Wächter.

„Sie wird dir gehören."

"Für immer?" - Erkundigte sich Tibério beim Zauberer.

"Für immer? Oh, Tibério, nur die Hölle ist für immer." - dachte Tubal philosophisch.

Er sprach langsam, die Last seiner Lebensentscheidungen belastete jedes Wort. Tibério senkte für ein paar Sekunden den Kopf. „Wie wäre es mit fünfhundert? Ich bringe Bargeld mit."

10. DAS BLONDE MÄDCHEN UND DAS MONSTER.

Als Jarede aufwachte, fand er seine Mutter nicht zu Hause vor.

Vielleicht war sie mit einem ihrer Freunde gereist. Umso besser, weil der Junge viel darüber nachdenken musste, was passiert war.

Er blickte auf das T-Shirt, das er trug. Es war an der Stelle zerrissen, an der die Klinge des Himmlischen Schwertes es durchbohrt hatte, und voller Blutflecken. Es bestand kein Zweifel daran, dass es wirklich passierte, es war real.

Es war kein Traum.

Er fand den Klingenrest und wickelte das fleckige T-Shirt darum.

Durch Wissen wusste der junge Mann sofort, dass es der wertvollste Gegenstand war, den er jemals in der Hand gehalten hatte. Diese Klinge hatte magische Kräfte, dachte er.

Es heilte seine Wunde und öffnete Teleportationsportale wie in der alten Star Trek-Serie.

Der Klingenträger überlegte, was das Artefakt sonst noch bewirken könnte.

Teleportation und Heilung reichen aus, freute er sich und stellte sich vor, wie anders sein Treffen mit der blonden Nhádia de Jaguariúna gewesen wäre, wenn er den Gegenstand bereits gehabt hätte. Nhádia... Er erinnerte sich daran, wie sie sich verhalten hatte, sie war zweifellos grausam und unhöflich gewesen.

„Sie ist von außen schön, aber von innen hässlich. In ihrem Inneren ist sie ein Monster. Es ist fast so, als wären sie zwei Menschen ...“

„Wie ein Monster und eine Prinzessin, die im selben Körper leben. Wie wäre es, wenn das Unsichtbare sichtbar würde? Wen würde sie ablehnen?“

Er war in diese Überlegungen vertieft, als er bemerkte, dass der Splitter des Säbels zu glühen begann. Jarede fiel in Trance und Visionen von fernen Ereignissen blitzten vor seinen Augen auf.

Vor ihm stand das Bild von Nhádia, die sich vor einem Spiegel schminkte und sich vielleicht für den Unterricht vorbereitete.

„Wie ein Monster und eine Prinzessin, die im selben Körper leben“, hörte er seine eigene Stimme immer wieder widerhallen und wiederholte den Gedanken wie die Verkündigung eines übernatürlichen Urteils.

Seht, etwas begann sich in die Blondine zu verwandeln.

Aus seiner nackten Schulter bildete sich eine Art Wölbung, die schnell wuchs.

Nhádia begann vor Angst zu heulen und verstummte dann mit weit aufgerissenen Augen und starrte völlig geschockt in den Spiegel, während sich der bizarre Tumor wie ein Ballon auf einer Kinderparty auszudehnen schien.

„Mutter! Mutter! Hilf mir!" - Sie schrie, öffnete die Badezimmertür und rannte ins Wohnzimmer.

Als sie die groteske Erscheinung sah, stieß ihre Mutter ein hohes Heulen aus und fiel ohnmächtig auf den Boden des Zimmers.

Nhádia selbst konnte die entsetzlichen Schmerzen, die sie quälten, nicht ertragen, verlor das Bewusstsein und fiel neben ihre Mutter, da die Schwellung immer schneller zu wachsen schien. Vor dem Ende der Vision hatte Jarede noch eine weitere Visualisierung des schrecklichen Schauspiels: Neben den beiden bewusstlosen Frauen war eine dritte Gestalt aufgetaucht, ein deformierter siamesischer Zwilling von Nhadia, schrecklich in jedem Detail ihres Wesens, ausgestattet mit Tentakeln wie die eines Anstelle der Arme steckt ein Oktopus, der durch Hals, Rumpf, Hüften und Beine mit der Blondine verbunden ist.

Dann endete die Vision. Niemand musste Jarede erklären, dass das, was er gesehen hatte, echt war. Es war konkreter als das Leben selbst.

Die zerbrochene Engelsglefe hatte dies verursacht. In diesem Moment verstand er die wahre Kraft des Instruments: Es verwandelte Gedanken in die Realität.

11. JÚLIO, DER PASTELLKOCH, UND INGRID, DIE SCHÖNHEIT.

Júlio Nakatomi ist ein gebrechlicher junger Mann, dünn wie eine Gassenkatze, mit melancholischem Aussehen und orientalischen Zügen. Er ist heute ganze fünfunddreißig Jahre alt, aber niemand würde sagen, dass er älter als zwanzig ist.

Seine Eltern starben, als er drei Jahre alt war, dann wurde er von seinem Großvater großgezogen, der ihm beibrachte, wie man brasilianische „Pastéis" zubereitet.

Als Júlio sechzehn Jahre alt war, starb sein Großvater.

Er hinterließ dem jungen Mann den kleinen Pastellladen namens Nakatomi Pastéis.

„Pastel" („pastéis" ist der Plural) ist ein brasilianisches Salzgericht, bei dem es sich um frittierten Teig mit verschiedenen Füllungen wie Käse und Hackfleisch handelt.

Der Pastellladen wurde in eine drei Meter lange Fassade zwischen zwei großen Gebäuden in einer der Hauptstraßen der Stadt Amparo – SP (Bergregion im Südwesten Brasiliens) eingequetscht.

Hinten gab es ein kleines Wohnzimmer, in dem Júlio seit seiner Kindheit geschlafen hatte, ein Badezimmer und das Schlafzimmer seines Großvaters sowie einen kleinen Hinterhof, in dem die Familie Tomaten und Gemüse anbaute.

Júlio hatte nie Zeit gehabt, sich selbst zu bemitleiden.

So lange er zurückdenken kann, briet er Gebäck, bereitete Füllungen zu und putzte die Cafeteria. Er glaubte an nichts, was er nicht sehen und berühren konnte. Gott existierte für den Orientalen nicht, und wenn er existierte, hatte er ihm alles genommen, sogar seine Eltern und seinen Großvater. Auch hatte er von Gott keine gute Statur erhalten; Also, dachte er, würde er Gott so viel Aufmerksamkeit schenken, wie Gott ihm geschenkt hatte. Alles war sehr beschäftigt: Lernen, Schule, er ging ständig einer Aktivität nach und dachte über die verschiedenen anderen Verpflichtungen nach, denen er irgendwie nachkommen musste.

Er hasste die Schule, weil seine Klassenkameraden sich über ihn lustig machten, weil er klein und dünn war, sogar wegen seiner orientalischen Züge, auf die Júlio tatsächlich stolz war. Er hatte auch keine Zeit für romantische Fantasien, für Illusionen über Frauen. Mit achtzehn Jahren verliebte sich die verbliebene Nakatomi jedoch zum ersten Mal. Ingrid war neu in der Stadt, und wenn er jemals wusste, woher sie kam, kann er sich nicht mehr erinnern. Der junge Nakatomi liebte Ingrid, seit er mit ihr in einem virtuellen Internet-Chatroom chattete.

Sie einigten sich darauf, einen Saft trinken zu gehen, weil sie neue Freunde finden wollte. Es war keine Liebe, es war eine schwache Besessenheit, etwas zu wollen, ohne zu wissen, was man damit machen sollte, wenn man es bekam.

Wie eine Katze, die einen Vogel jagt, aber dann verwirrt, wenn das Tier hilflos auf dem Boden unter Ihren Pfoten liegt. Ingrid hatte eine perfekte Bräune, langes, perfektes braunes Haar, ein makelloses Gesicht und einen makellosen Körper und alles an ihr war absolut makellos.

So sah Júlio sie. „Ich bin der lebende Beweis dafür, dass der Verzehr von Gebäck nicht dick macht", sagte er und die Brünette lachte, es war eines der wenigen Male, dass er sie zum Lachen brachte.

Sie verließ das Date in der Gewissheit, dass es ein Fehler gewesen war, und er verließ das Date in der Gewissheit, dass er das Mädchen liebte.

Er unternahm schwache Versuche, Ingrid für sich zu

gewinnen. Machte kleine Geschenke und erklärte sich öfter, als es gesund wäre.

„Wenn Sie einen Pfeil abschießen wollen, zielen Sie auf die Sterne. „Wenn du einen Fehler machst, kommst du trotzdem zum Mond", hatte die Brünette einmal gesagt.

Und er hat es nie vergessen. In gewisser Weise war Ingrid sein Star, aber als er auf sie zielte, verfehlte er den Mond. Er hat sogar sich selbst verloren.

Ingrid brachte es so klar wie möglich zum Ausdruck: „Ich mag dich als Freundin", erklärte sie so oft, dass es zu einer Art Mantra wurde.

Das Mädchen nahm keine Anrufe mehr entgegen und antwortete nicht mehr auf E-Mails.

Sie reiste nach Sao Paulo (riesige Metropole im Südwesten Brasiliens mit 12 Millionen Einwohnern), der Landeshauptstadt, und ein aufmerksamer Beobachter wusste, dass Julio einer der Gründe dafür war. Der Junge tat ihr leid und sie wollte nicht, dass er weiter litt.

Und sie hatte Mitleid mit sich selbst und wollte sich die Mühe nicht länger gefallen lassen.

Zu diesem Zeitpunkt war das Maria-da-Penha-Gesetz (brasilianisches Gesetz zur einstweiligen Verfügung aus dem Jahr 2006, das geschaffen wurde, um Männer daran zu hindern, Frauen zu belästigen) noch nicht in Kraft, aber wenn es so wäre, glaube ich, dass Júlio kurz davor stand, gerichtlich aus dem Gefängnis entfernt zu werden irgendwo in der Nähe des Mädchens.

12. INGRID HEIRATET UND ZIEHT NACH AUSTRALIEN.

14.INGRID WAR GLÜCKLICH IN SÃO PAULO.

Sie hatte kochen gelernt, besuchte gute Clubs und veranstaltete regelmäßig Partys bis spät in die Nacht mit lauter Musik, Stroboskoplicht und schönen Menschen.

In einem davon lernte sie ihren zukünftigen Ehemann Edmundo kennen. Edmundo war riesig, groß wie ein Riese, gutaussehend wie ein Filmheld, reich wie ein

Politiker.

Er war in allem perfekt, und so sah ihn Ingrid.

Er trat hinter das Mädchen und berührte ihre Schulter.

Und fast mystisch wusste sie, dass es ihr Mann war, der ihre Schulter berührte, noch bevor sie sich umdrehte, um zu sehen, wer es war.

Sie verliebten sich schnell und heirateten noch schneller.

Ein langer Flug führte sie an die Küste Australiens, wo Edmundo einen Job als Ingenieur annahm und seine Freizeit mit Surfen verbrachte.

Ingrid wurde Personal Trainerin und sie bekamen zwei Kinder, einen Jungen und ein Mädchen.

Sie waren wunderschöne Kinder, wie sie es natürlich mit ihren Eltern sein sollten.

Oriental Júlio verfolgte diese ganze Geschichte über die Jahre durch Beiträge in sozialen Netzwerken im Internet.

Bis zu dem Tag, an dem Ingrid ihre Internetprofile schloss, damit nur ihre Freunde Fotos, Videos und Beiträge sehen konnten. Und dann sah er sie nie wieder, hörte nie wieder etwas von ihr.

Aber er dachte viel an Ingrid. Auf andere Weise.

Er verstand, dass er nie mit ihr zusammen sein wollte, wenn er das Mädchen wirklich liebte.

Es hätte nur dann Sinn, mit Ingrid zusammen sein zu wollen, wenn er, Júlio, so perfekt wäre wie Edmundo. Wenn wir lieben, wollen wir das Beste für die Person, die wir lieben, dachte er. Und er war für niemanden der Beste. Wenn sie fragte, ob etwas am Tag für jemanden überhaupt ausreichen würde. „Ich werde nie jemandes Edmundo sein." - Er beklagte sich. Aber wie immer hatte er es heute eilig: Es war Zeit, „Pastéis" zu braten.

13. JAREDE BEI PASTELARIA NAKATOMI.

Jarede betrat Nakatomis „Pastelaria" und begrüßte Júlio aufgeregt. „Guten Morgen Julio, wie geht es dir?"

Der junge Mann erkannte ihn nicht.

„Okay... Welche Geschmacksrichtung heute, Kumpel?" - sagte er verwirrt.

„Ich bin es, Jarede." Der Junge erklärte es.

Júlio zuckte geschockt zusammen. Ja! Jetzt erkannte er es.

Einige Details ließen darauf schließen, dass er wirklich Jarede war, aber er war so anders.

„Hey, hey. Was ist mit dir passiert? Deine Augen..."

„Ich wurde operiert, mein Auge ist geheilt."

„Aber... Aber... Du bist so dünn und groß..."

„Operationen, Haltungskorrektur, alles repariert."

Júlio war wirklich schockiert. Der ehemalige dicke Mann war ein guter Kunde, er kannte ihn seit Jahren. Es war fast unglaublich, dass eine solche Veränderung innerhalb von Wochen hätte stattfinden können. Es war kaum Zeit vergangen, seit dem inzwischen gutaussehenden und muskulösen jungen Mann, der dort war, das letzte „Pastell" serviert wurde.

„Ich möchte ein Fleischgericht".

"Was?" -Sagte Júlio, vertieft in die geistige Verwirrung, in die er geraten war. „Oh ja, natürlich, Fleisch".

Als Nakatomi das Essen zubereitete, wurde Jarede plötzlich ein wenig schwindelig.

Er stellte seinen Rucksack auf den Restauranttisch und ging ins Badezimmer, um sich das Gesicht zu waschen. Er war gerade dabei, sich am Waschbecken zu reinigen, als er plötzlich von einer neuen Trance und Visionen über das, was mit Nhadia geschah, erfasst wurde.
Der jetzt gutaussehende Mann sah und hörte Menschen in einem Krankenhaus, die miteinander redeten:

„So etwas habe ich noch nie gesehen, es ist wie ein riesiger und irgendwie anthropomorphisierter Tumor." - sagte der Arzt aufrichtig erstaunt.

„Es ist zweifellos humanoid." - Überlegte der andere.

„Aber wie konnte es in so kurzer Zeit so stark wachsen?"
Nhádia wurde in der Vision unter Drogen gesetzt und

an das Bett auf der Intensivstation des Krankenhauses
gefesselt.

14. JÚLIO NAKATOMI UND DAS SCHWERT DES ENGELS.

Júlio sah etwas Glühen hinter sich, drehte sich um und bemerkte, dass etwas in Jaredes Rucksack glühte, fast als würde es brennen.
Er rannte los, um die Tasche zu öffnen, weil er dachte, dass das Handy des Kunden überhitzt sei.

Als er den glänzenden Gegenstand aus dem Inneren des

Fachs entfernte, stellte er fest, dass es sich überhaupt nicht um ein Smartphone handelte, sondern um ein Metallfragment, das glänzte, als würde es brennen, aber keine Hitze erzeugte.

Plötzlich gab das Objekt einen Knall von sich und ließ einen kleinen Splitter von sich in die Hände des überraschten Júlio fallen.

Dann hörten die beiden Teile des Engelsschwertes auf zu leuchten. In diesem Moment hörte er, wie Jarede die Toilettentür öffnete.

Instinktiv brachte er die Klinge wieder an ihren ursprünglichen Platz, steckte den Splitter, der sich gelöst hatte, in seine eigene Tasche und eilte dann zurück zum Vorbereitungsbereich für die „Pastelaria".

„Hier ist dein Fleischpastell", sagte Julio.

"Danke."

Als Jarede weg war, holte Júlio das Fragment aus seiner Tasche und begann es zu betrachten.

„Ich möchte wissen, was das ist" – sagte er sich.

Und kaum hatte er diesen Gedanken zu Ende gebracht, als der Splitter zu glühen begann und Nakatomi in einen Dunst aus Visionen der jüngsten Vergangenheit hüllte.

Er sah, wie Sifaliel durch das extradimensionale Portal eintrat und mitten im Sturm ein nasses Feld betrat. Er sah die Dämonen, die ihn angriffen und zerstückelten, und wurde Zeuge, wie das Schwert zerbrach. Er beobachtete auch, wie Jarede durch die Scherbe verletzt wurde und dann durch ein Portal zurück zu der Hütte transportiert wurde, in der er lebte.

Er sah geschockt zu, wie Jarede sich eine Verbesserung seines Aussehens wünschte, sein durchbohrtes Auge heilte und größer, schlanker, muskulöser und schöner wurde.

Und schließlich erblickte er ein abscheuliches Geschöpf, teils eine schöne Frau, teils ein missgestaltetes Monster mit zuckenden Tentakeln.

Er stieß einen Schrei aus und die Vision verstummte.

Er war entschieden verwirrt. Setzte sich auf einen der Stühle im Servierbereich und versuchte, das Gesehene in sich aufzunehmen.

15. TUBALS NEKROMANTIE.

Der Nekromant namens Tubal hatte den Bankwächter namens Tibério nicht getäuscht.

Wenige Tage nach der Verzauberung begann die kleine Isaura auf die Annäherungsversuche des hässlichen Mannes zu reagieren.

Tubals Nekromantie bestand darin, Dämonen zu beschwören und sie zu Zielen zu schicken, wobei er die Bitte des Klienten als „energetische Brücke" nutzte, über die es den Wesen gelang, in das Leben der Opfer einzudringen.

In diesem Fall manipulierten die beiden Kreaturen Isauras Träume und flüsterten ihr Lob über Tibério ins Ohr, wodurch der Gedanke, mit ihm auszugehen, das Unterbewusstsein des Mädchens allmählich beschäftigte.

Isaura hatte eigentlich keine große Wahl, die von Tubal beschworenen Verführungsdämonen waren sehr mächtig.

In weniger als einem Monat verließ sie den rothaarigen Célio und übergab sich Tibério.

Er war in der Bar seines Vaters, als sie kam, um ihm ihre Entscheidung mitzuteilen: Es würde ihre sein, sie war sich sicher, dass sie den Pizzaboten nicht mehr wollte, es war etwas, das ihr nicht mehr aus dem Kopf ging.

Sie vollendeten die Beziehung genau dort im Lagerbereich an der Bar, und die Dämonen nutzten die Gelegenheit, um sich in einem leichten Maß an Besessenheit in ihren Körpern zu verfangen.

Somit erlebten die Wesen die gleichen Empfindungen,

die das Paar während des Aktes verspürte.

Die Luft war dunkel und abgestanden, wie eine Wolke dunkler Energie, die während des Rituals durch das kleine Lagerhaus wirbelte.

Der junge Mann, der die Bar führte, namens Marcelo, beobachtete alles, was sich hinter Getränkekisten verbarg. Er begehrte Isaura.

Eines Tages würde er an der Reihe sein, schwor er sich.

16. WILHELM DER PROPHET.

Célio erfuhr über die sozialen Netzwerke der jungen Isaura von der Veränderung. Sie antwortete nicht mehr auf seine Anrufe und Nachrichten, blockierte ihn und er sah über ein Fake-Profil, dass sie nun Fotos mit ihrem neuen Freund postete.

Das rothaarige Kind war frustriert und empfand den Schmerz, etwas zu verlieren, das ihm wertvoll war.

Er wusste nichts über Tubals Nekromantie und auch

nichts über die Dämonen, die Tibério besessen hatten.

Er verstand einfach, dass er Zugang zu etwas hatte, und jetzt hatte er keinen Zugriff mehr.

Er hatte einen Mund geküsst, den er nie wieder küssen würde, hatte etwas umarmt, das er nicht mehr umarmen durfte.

Er war wieder ohne Liebe in seinem Leben, ohne einen wirklichen Grund zu leben.

Aber nicht lange.

Der Typ hatte an diesem Mittwochabend nur eine Lieferung zu erledigen, und ich glaube, das war vor etwa zwei Jahren.

Er parkte den Fiat Uno auf dem Bürgersteig des kleinen Backsteinhauses und sah einen schwarzen Mann, der Gitarre spielte und fröhlich sang, in einem Korbstuhl sitzen.

„Singt mir Lieder über Jesus;

Weil er derjenige ist;

Singen Sie mir bitte Jesuslieder vor;

Denn Er ist mein Herr ...“

Wütend! rief Célio applaudierend aus.

„Hey, bist du der Pizzabote?"

„Hier ist es, schön warm."
„Stell es auf den kleinen Tisch, Junge, setz dich hin und höre eine Weile zu. Singt mir Lieder über Jesus ..."

Der alte Gitarrist war William Silva, ein riesiger schwarzer Mann mit dem Körper eines Boxers, so stark wie das Leben, und obwohl er siebzig war, würde man ihm nicht mehr als vierzig geben, da bin ich mir sicher.

„Ich habe dich kommen sehen", sagte er.

Nicht als er das Auto anhielt, ich sah dich in einer Vision kommen, ich bin ein Prophet durch die Gnade meines Erlösers Jesus Christus.

Célio wusste nicht, was das bedeutete, und Silva erklärte, dass Gott ihm Botschaften, Visionen und Missionen gegeben habe, die er erfüllen solle.

„Oh... Ok...", sagte Célio, sicher, dass er in eine Missionierungsfalle getappt war.

Du musst es nicht glauben, du wirst sehen. Erklärte William.

„Du hast etwas verloren, von dem du dachtest, es sei Liebe, so sagt der Herr"

Dann verstummte Célio und setzte sich wieder hin, neugierig, mehr zu hören.

„Es war keine Liebe, es war nur eine Ablenkung, ein Fehler ... Isaura ... Sie wird nicht lange leben, weder wer sie gestohlen hat, noch die Dämonen, die sie umgeben."

Célio wusste nicht, ob ihn die Nennung des Namens seiner Ex-Freundin beeindruckte oder ob er angesichts der Vorzeichen, Todesfälle und Erwähnungen von Dämonen den Ort verließ.

„Tibério, ist sein Name..." – erklärte William.

„Und Tubal... Nein... Tubal, das weißt du nicht... Besser nicht, Junge." - Der alte Mann dachte nach.

"Ja!" - Er rief aus. „Isaura und Tibério, es ist alles wahr!"

„Der Herr lügt nicht".

„Aber warum hat Gott Ihnen diese Informationen gegeben? Was passiert".

„Er möchte dir wahre Liebe geben, wenn du sie empfangen willst."

"Ich will." - Sagte der Junge, der sich der Entscheidung verschrieben hatte.

Und so verkündete der Prophet Wilhelm dem Célio das Evangelium von Christus, das Heilsversprechen für diejenigen, die an Jesus als Gott und Erlöser glauben und ihn annehmen.

Er sagte ja. Etwas in ihm pochte vor Freude, er glaubte, glaubte wirklich.

„Ich akzeptiere! Ich glaube".

Also beteten sie,

William gab dem Rotschopf eine Kopie der Heiligen Bibel, eine Übersetzung der King-James-Bibel ins Portugiesische.

„Lesen Sie zuerst die Evangelien, um herauszufinden, wer Sie gerettet hat."

Sie wurden Freunde und Célio glaubte wirklich an Christus. Seitdem trafen sie sich mindestens einmal im Monat, um zu reden, Kaffee zu trinken, über die Dinge Gottes zu reden und Brettspiele zu spielen.

William sprach von Prophezeiungen und Visionen, die er erhalten hatte, und Célio war manchmal erstaunt und manchmal geradezu verängstigt. Célio hatte nun eine Liebe, die ihn niemals im Stich lassen würde:

Gott würde immer für ihn da sein.

Isaura hatte jedoch nicht so viel Glück.

17. TIBÉRIO ERWISCHT ISAURA MIT EINEM ANDEREN MANN.

Tibério kam an der Bar an und hörte ein seltsames Geräusch aus dem kleinen Lagerhaus im Hintergrund.

Er betrat den Raum und sah die kleine Isaura nackt beim Sex mit seinem Angestellten Marcelo. Beide heulten wie wilde Tiere, oder vielleicht heulten die Dämonen des Nekromanten Tubal sie an, und sie schienen völlig in die

Tat vertieft zu sein und konnten nichts anderes hören oder sehen. Der Mann war bewaffnet, da er gerade die Bankfiliale verlassen hatte.

Er schoss zweimal auf jedes der Liebenden, die in einem grotesken Gewirr nackter, blutiger Körper zusammenbrachen.

Isaura sah ihn immer noch an und stöhnte flehend, und dann feuerte Tibério erneut und traf das Mädchen direkt zwischen den Augen.

Keuchend drückte er den Lauf der Pistole an seine Stirn und feuerte erneut.

Er spürte ein Summen in seinem Kopf, einen stechenden Schmerz, der ihn allmählich das Bewusstsein für die Phänomene der Existenz verlieren ließ.

Der Bankwächter fiel auf die Knie und sah entsetzt zwei rauchige Gestalten neben den leblosen Körpern von Marcelo und Isaura stehen.

Der Mann versuchte, seine Sicht zu fokussieren, um Details der verschwommenen Gestalten zu erkennen, aber es war zu spät, er stieß ein schwaches Stöhnen aus und lehnte sich zurück, sein Gesicht berührte den Boden.

Tibério war tot.

18. DER PROPHET TRIFFT DEN ENGEL SIFALIEL.

Sifaliel kam aus dem Portal und schleppte sich zur Hütte am Ende der Straße.

In der Behausung spielte William Gitarre und sang Lieder über Wunder und Bekehrungen.

"Wilhelm!" Er hörte die göttliche Stimme in seinem Herzen rufen.

„Dein Gebet wird heute erhört, William."

Seit vielen Jahren betet Wilhelm, dass er eines Tages möchte, dass den Engeln Brot serviert wird, wie es Abraham, der hebräische Patriarch, tat.

Gott antwortete immer, dass es eines Tages erfüllt werden würde, und der alte Mann fragte immer wieder.

Seine schwarze Haut glänzte in der Sonne, als er zum Tor des Hauses ging, um herauszufinden, wer die Gestalt war, die er auf sich zukommen sah.

Dann sah er einen riesigen Mann, dem ein Arm abgerissen war und der immer noch dort blutete, wo früher seine Flügel waren.

„Wie ist Ihr Name, Bote?" fragte William feierlich und spürte die Last des Ereignisses.

„Ich bin Si-Sifaliel, Soldat von Uriels Truppen. Und ich bitte um Hilfe, Prophet."

William brachte ihn hinein und bereitete Tücher und Alkohol vor, um ihn zu reinigen.

„Ich bin nicht derjenige, der meint, dass du mir auf diese Art und Weise helfen sollst."

Was mache ich dann, fragte der Mann.

„B-beuge deine Knie vor dem A-allmächtigen Gott und trete für mich ein, Mann Gottes, denn ich bin hierher gekommen, um mit einem P-Propheten Brot zu essen, und im Kampf habe ich die Ehre meiner Truppen beschämt."

William begann, zu Gott um die Gesundheit des Engels zu beten, und während er betete, übernahm ihn der Heilige Geist und verkündete:

„Sifaliel, bescheidener Soldat, letzter von Uriels Truppen, welchen katastrophalen Feldzug hattest du jetzt?"

„Ich habe wieder einmal versagt, Herr..."

„Sei noch einmal ganz, kleiner Engel, nimm deine Flügel zurück, behebe deine Fehler und komm nach Hause."

Und dann wurde der Arm der extradimensionalen Kreatur wiederhergestellt und ihre pelikanartigen Flügel existierten wieder wie vor ihrem unglücklichen Kampf.

„William", sagte Sifaliel zu dem Propheten, der aus seiner göttlichen Trance zurückgekehrt war.

„Serviere mir Brot, wie du gebetet hast. Ich bin immer noch extrem schwach. Zu schwach, um die Scherben meines zerbrochenen Schwertes wiederzugewinnen."

Und während sie aßen, erzählte der Soldat William von all seinen Missgeschicken, seit er dieses Reich der Existenz betreten hatte.

19. NHÁDIA UND IHRE MONSTRÖSE SCHWESTER AIDAHN.

Nhadia erlangte in der Nacht das Bewusstsein wieder und stellte fest, dass sie gefesselt in einem Krankenhausbett lag.

Sie spürte, wie die Kreatur an ihrem Körper haftete, und versuchte zu schreien, aber ihre abscheuliche siamesische Schwester schien jetzt ihre Sprache zu kontrollieren und zu entscheiden, wann Nhadia sprechen konnte und wann nicht.

„Schreie nicht. Nicht einmal in Gedanken." - Sagte die Schwester. „Denn wenn du in Gedanken schreist, kann ich es hören."

„Wer bist du? Warum tust du mir das an?" - Nhádia brüllte in ihrem Kopf.

„Nenn mich Aidahn, denn ich bin etwas, das in dir gelebt hat, ich bin das Gegenteil von dem, was du nach außen zeigst. Ich habe dir nichts getan, nichts Böses; es war Jarede. Er hat uns das angetan."

„Aidahn... Nhádia rückwärts... Und Jarede? Wer ist Jarede?"

„Der dicke Junge mit dem durchbohrten Auge, den du im Café getrollt hast."

Und dann erklärte die Siamesin Jaredes neue Kräfte, die ihr bewusst waren, weil sie aus den Kräften des Schwertes „geboren" wurde.

Sie war in gewisser Weise ein Kind von Jaredes Willen. Daher sah sie den Jungen tatsächlich als einen grausamen Vater und Nhádia eher als ihre Mutter denn als Schwester.

„Wir können uns an ihm rächen, verschwinden Sie einfach von hier."

Wie könnte ich mich rächen, wenn ich jetzt ein unförmiges Monster bin? dachte Nhadia.

„Wir können monströs sein, ja. Aber wir sind nicht schwach", sagte die Zwillingsschwester, als sie mit der enormen Kraft ihrer Tentakel die Fesseln des Krankenhausbettes sprengte.

Wie werden wir ihn finden? Sie befragte die Blondine.

„Ich rieche die Kraft des Schwertes", antwortete die Zwillingsschwester, während sie sich mit ihren Tentakeln durch das Krankenzimmer schob und aus dem Fenster auf die Straße sprang.

Die Schreie der Krankenschwestern hallten durch die ganze Krankenstation, als das Fenster zerschmettert wurde.

Und dann flüchtete das monströse Wesen vom Tatort und verschwand in den Tiefen der Nacht.

20. DIE TAUSEND BRÄUTE VON JAREDE.

Auf einem Berg in der Serra Negra baute Jarede eine riesige Burg.

Er beschäftigte weder Tischler noch Maurer oder Architekten und kaufte das Land auch nicht.

Er sah einfach den Berg in der Ferne, wünschte, er hätte Flügel und flog zu der Stelle.

Dann wünschte er sich das Schloss, und so geschah es.

Um die Burg herum wollte er eine riesige Mauer aus Feuer und Schilder mit der Aufschrift: „Versuchen Sie nicht einzutreten, denn kein Mensch kann durch dieses Feuer gehen und überleben."

Dann betrat er seine Festung und wünschte sich Möbel und alle Annehmlichkeiten, die sich ein Mann in diesem Leben wünschen kann.

Er wünschte sich auch ein großes Fest und aß stundenlang.

Danach wünschte er sich noch einmal, jetzt, da er das Gewicht der übertriebenen Mahlzeit nicht mehr spürte, und so wurde es.

Dann begehrte er eine Frau und die schönste Frau, die man sich vorstellen kann, erschien vor ihm.

Sie war nicht wirklich lebendig, es war eine Fleischpuppe, die atmete, sich bewegte und sprach, aber keine wirkliche Autonomie oder einen wirklichen Verstand hatte.

Es war wie ein Roboter aus Fleisch und Blut, geschaffen, um den Wünschen seines Schöpfers zu gehorchen.

Ein paar Stunden lang vergnügte er sich mit der Kreatur, aber gelangweilt schuf er eine andere, diesmal noch schöner und perfekter in der Form.

Die Tage vergingen und er wurde des Brautpaares wieder überdrüssig; Dann wünschte er sich zehn weitere und nach einigen Tagen noch hundert; und am Ende vieler Tage hatte er tausend Bräute.

Und so blieb er Hunderte von Tagen bei seinen Bräuten, denn die Zeit innerhalb der Burg verging nicht wie die Zeit außerhalb der Burg; bis er auch von ihnen gelangweilt wurde.

Dann wünschte er sich das köstlichste und perfekteste Getränk, das es je gab, und eine Flasche magischen Wein erschien vor ihm.

Unter den gleichgültigen Blicken der Puppenarmee trank Jarede die ganze Flasche und schlief dann ein.

21. JÚLIO NAKATOMI, ZEITREISENDER.

Júlio Nakatomi verstand durch die Visionen, was die Macht von Schwertsplittern war.

Er führte einige Vorversuche durch: Er wünschte sich Geld, und es verwirklichte sich vor ihm. Er wünschte sich Kleidung, Videospiele, ein Auto... Und all diese Dinge erschienen vor seinen Augen.

„Alles, was ich wollte, war ein Ort, an dem ich mich zu Hause fühlte." Er erinnerte sich, dass Ingrid dies einmal wehmütig gesagt hatte.

Ingrid...

Keine Autos, keine Videospiele... Ingrid war das, was Júlio sich immer gewünscht hatte.

Aber wie sollte man sie bekommen, wenn sie Edmundo geheiratet und zwei Kinder gehabt hätte, die immer noch in Australien lebten.

Er wünschte, Ingrid wäre bei ihm.

Und nichts ist passiert.

Er wollte noch einmal und umklammerte die Schwertscherbe, bis seine Hände zu bluten begannen.

Und dann materialisierte sich vor ihm eine Gipsstatue, die wie Ingrid aussah.

„Warum? Ich will es wissen!" Er hat geschrien.

Und dann zeigte ihm das Schwert in einer anderen Vision die Nacht, als Ingrid ihren Mann Edmundo in einem Tanzclub in São Paulo getroffen hatte; es zeigte ihm die Hochzeit, die Geburt der Kinder, zeigte das Haus, in dem sie in Australien lebten.

Er verstand nicht, dass der freie Wille das Schwert daran hinderte, die Frau zu versklaven und die Tatsache zu ignorieren, dass sie sich entschieden hatte, ihr eigenes Leben in einer anderen Zeit, an einem anderen Ort zu leben.

Und das erklärte das Schwert Júlio.

„Zeit…", wiederholte er.

"Zeit…"

Bringen Sie mich zu dem Ort, an dem sich Ingrid und Edmundo an dem Tag und zu der Zeit trafen, als sie sich trafen. Er bestellte das Fragment.

Und so war es.

Der dünne Junge wünschte sich einen Rucksack und versteckte das Fragment dort.

„Bring mich zu dem Paar."

Und dann stand er zum ersten Mal seit vielen Jahren wieder vor Ingrid, und sie küsste die Liebe ihres Lebens, ihren zukünftigen Ehemann Edmundo.

Júlio hatte sie noch nie so glücklich gesehen wie in diesem Moment.

Endlich fühlte sie sich wie zu Hause.

Ingrid, die Frau mit dem Körper eines Models und den Worten einer Philosophin, die perfekte, makellose Frau. Zusammen mit dem ebenso perfekten Edmundo.

„Bring mich fünf Minuten, bevor sie sich treffen."

Und dann kam er zu diesem Zeitpunkt.

Er sah Ingrid von hinten und Edmundo beobachtete sie und fragte sich, ob er sich dem Mädchen nähern sollte.

„Gefällt dir Australien? Dann geh nach Australien, Edmundo!" Júlio sprach, als sich hinter Ingrids riesigem Ehemann ein Portal öffnete und er von einer Träne der Existenz verschluckt wurde, die ihn irgendwo auf den australischen Kontinent warf.

„Er wird leben", beschloss Júlio, „aber ohne sein Gedächtnis." Ich werde sein Leben nicht berühren, aber seine Geschichte gehört jetzt mir, sie wird ganz mir gehören.“

22. TRÄNEN IM GEFÜGE DER EXISTENZ.

Überall in der Stadt entstanden Risse, die auf den Missbrauch des Schwertes zurückzuführen waren. Obwohl Sifaliel schwach war, spürte er das Ereignis und sagte seine katastrophalen Folgen voraus: Dämonen würden durch diese Tränen die Barriere überwinden und sich frei in dieser Realität manifestieren, ohne dass es einer Nekromantie oder kostspieligen Beschwörungen und Besitztümer bedarf.

„Ich brauche deine Hilfe, William, etwas stimmt nicht." - sagte Sifaliel, als er merkte, dass seine Kraft nicht zurückgekehrt war.

„Jemand benutzt das Schwert, die Kraft des Schwertes. Ich weiß das, weil ich immer schwächer werde."

„Auf welche Weise verwenden Sie es?"

„Wünsche. Das himmlische Metall materialisiert Wünsche in diesem Bereich der Existenz."

Also lasst uns diese Person finden und die Schwertscherbe zurückholen, schlug William vor.

„Vielleicht ist es zu spät, dieser Träger hat die Kräfte meiner Waffe so stark genutzt, dass die einzige Möglichkeit, das Fehlverhalten wiedergutzumachen, darin besteht, ihn zu töten." - Überlegte Sifaliel.

Wo werden wir es finden? - Fragte der Prophet.

Ich habe keine Ahnung, aber vielleicht lebt er hier in Serra Negra, und vielleicht gibt es irgendwo in der Stadt Hinweise auf seine übernatürlichen Aktivitäten.

„Dann brauchen wir ein Auto. Ich werde meinen Freund Célio anrufen, er kann uns mit seinem Fiat Uno mitnehmen, um nach diesem gefälschten Aladdin zu suchen."

23. AIDHANS REDE AUF DER BURG VON JAREDE.

„Es ist hier", sagte Aidan.

Dann waren sie am Fuße des riesigen Berges und sahen die große Burg, die von der Feuermauer umgeben war.

„Hier darf kein Mensch reinkommen, sagen die Schilder". - Nhádia beklagte sich.

"Ich bin kein menschliches Wesen". -Aidahn antwortete,

als er sich mit seinen Tentakeln gegen die brennende Wand warf und die Barriere überquerte, ziemlich verkohlt, aber noch am Leben.

„Aidahn..."

"Ja..."

„Was werden wir tun, nachdem wir Jarede getötet haben? Wie werden wir in dieser Situation leben? Wir werden niemals akzeptiert."

„Er sah uns als Monster. Jarede. Er ist das Monster, Nhádia. Ein Streich ohne große Konsequenzen. Es war nur ein Witz. Ein kurzes Trolling, um Instagram-Followern zu zeigen. Ist das unsere große Monstrosität? Sind wir vergeblich? Sind wir oberflächlich?

Haben wir Jaredes Leben so in Ungnade gefallen, wie er unseres in Ungnade gefallen hat? Niemals. Warum wollen diese lächerlichen Nerds immer die hübschesten Frauen? Sind sie nicht auch sinnlos und oberflächlich? Sie sind genauso besessen vom Aussehen wie wir, Nhádia. Der Unterschied besteht darin, dass sie, weil sie hässlich geboren wurden, Erlösung in der Schönheit anderer suchen. Sie wollen von den schönen Frauen gerettet werden, und es ist ihre Schuld? Schurken, Dummköpfe, Opfer. Sie benutzen uns in ihren Fantasien und Gedanken und sagen dann, wir seien grausam. Sind wir jetzt gezwungen, mit fettleibigen Nerds Umgang zu haben? Mit welchem Recht fordern sie das von uns? Sie sind die Monster."

Okay, dachte Nhádia, aber in dieser Situation, in der wir uns befinden, glaube ich nicht, dass wir in dieser Welt besser akzeptiert werden als diese fettleibigen Nerds ...

„Erstens Rache. Dann werden wir darüber nachdenken."
- Dekret Aidhan.

24. NIMM DEINE HÄNDE VON MIR, ICH GEHÖRE NICHT ZU DIR.

Júlio lebte seit seiner Zeitreise seit vier Jahren mit Ingrid zusammen. Er bewahrte die himmlische Schwertscherbe in einem geheimen Tresor auf und erwähnte sie niemandem gegenüber, nicht einmal seiner jetzigen Frau.

„Liebst du mich, Ingrid?" - Fragte Julio.

„Wie kann ich dich nicht lieben, Edmundo? Du bist so schön, so stark, so perfekt ..."

Nakatomi nahm Edmundos Identität an und heiratete seine Frau, aber sie hatten keine Kinder.

So sehr Júlio Ingrid auch schwängern wollte, es passierte nichts. Nicht einmal die magische Klinge schien irgendeine Wirkung zu haben.

Es wurden auch Ärzte konsultiert, die besten, aber es war ein großes Rätsel, warum Ingrid unfruchtbar war.

Alles war da, scheinbar in Ordnung.

Es wurde jedoch nichts produziert.

Sie weinte im Stillen vor Frustration über die verweigerte Mutterschaft.

„Etwas stimmt nicht, das ist nicht meine Geschichte" –
Er ertappte sie einmal beim Jammern.

Eines Sommernachmittags betrat Ingrid den Raum und sagte: „Edmundo, mein Schatz, werden wir nach Australien reisen?"

„Australien? Warum Australien?" - fragte er wirklich schockiert.

„Und warum nicht Australien? Ich möchte nach Australien! Ich muss nach Australien! Wenn ich nicht nach Australien gehe, würde ich lieber sterben!"

Und dann brach sie in krampfhaftes, trostloses Weinen aus. Sie legte sich auf den Boden und konnte nicht aufhören zu schluchzen.

"Warum Warum?" - Sie schrie. „Edmundo? Edmundo? Wo bist du?" - Sie brüllte.

Er umarmte Ingrid und sagte: „Ich bin hier, beruhige dich, ich bin hier."

Sie beruhigte sich, schwieg mit gesenktem Kopf.
Dann blickte sie auf und starrte Nakatomi böse an.

"Nimm deine Hände von mir." - sagte sie kalt.

Er ließ sie los und dann stand Ingrid wortlos auf und verließ den Raum.

„Wie war das möglich?" - Er fragte. „Australien? Warum Australien? Ist nicht passiert. Ist nie passiert. Ich habe unterbrochen, bevor es passierte ..."

25. SING MIR LIEDER ÜBER JESUS.

„**R**oger, ich bin auf dem Weg. Ich werde den Fiat Uno auftanken und bin gleich da." - Sagte der rothaarige Junge namens Célio.

Der Prophet William erzählte ihm nicht alle Einzelheiten. Er teilte ihm lediglich mit, dass er sein Auto für eine Mission von Gott benötige.

Célio wusste, dass es ernst war, denn der alte Will war nie jemand, der leichtfertig um einen Gefallen bat.

„Er ist auf dem Weg", teilte er Sifaliel mit.

„Ja. Wir haben nur noch wenig Zeit. Wenn der Träger der Scherbe weiterhin das Schwert missbraucht, wird bald die gesamte Existenz zusammenbrechen.

Außerhalb des Hauses öffnete sich eine Träne in der Luft und zwei riesige Dämonen mit der Erscheinung von Werwölfen und Ziegenhörnern betraten unsere Welt.

Sie rochen Sifaliel und schlichen in den Hinterhof.

Die Hybriden handelten mit Bedacht, weil sie auch den Propheten witterten. William könnte sie mit einem einzigen spezifischen Satz verbannen und sie müssten in die Geisterwelt zurückkehren. Die Dämonen waren sich dessen völlig bewusst.

„Ich gehe ins Zimmer, um mich umzuziehen, damit wir ausgehen können, Sifaliel, mach es dir bequem."

Als der alte Mann seine Gemächer betrat, folgte ihm einer der Dämonen und versteckte sich vor dem Haus. Er beobachtete durch das Fenster, wie sich der Mann anzog, und bevor der Prophet reagieren konnte, sprang er durch das Fenster und stürzte sich mit seinen Klauen und Zähnen auf den alten Mann, wobei er ihn zu Tode verwundete.

Sifaliel hörte den Tumult, betrat den Raum, das zerbrochene Schwert in der Hand, und verwickelte den höllischen Lykanthropen in einen Kampf.

Das zweite Monster wollte gerade das Haus betreten, als Célio mit seinem Auto dort ankam.

Die Kreatur sah, wie er anhielt und auf die Motorhaube des Fahrzeugs sprang.

Instinktiv schrie Célio: „Im Namen Jesu Christi, kehre in den Abgrund zurück", woraufhin der Dämon durch ein Portal zurück in das Gefängnis der Geister gesaugt wurde.

Dann hörte Célio Schreie und Knallgeräusche aus dem Haus und rannte los, um zu sehen, was los war.

Sifaliel lag schwer verletzt, fast tot, in einer Ecke des Raumes und wurde von dem Monster abgeschlachtet.

Célio trieb den Dämon im Namen Jesu Christi aus, wie er

es zuvor getan hatte.

Auch William lag am Boden und blutete stark.

„Célio, hilf dem Engel." - Sagte der Prophet mit schwacher Stimme und verließ offensichtlich bereits die Welt der Lebenden.

"Er ist tot." - beklagte der Junge, schockiert über den Anblick des Engels.

„Du musst ihn heilen."

„Ich bin kein Prophet, William. Ich bringe dich jetzt ins Krankenhaus.

„Hol meine Gitarre, schnell! Streite nicht!"

Célio verstand die Gründe nicht, aber er gehorchte.

„Spielen Sie die Musik, genau das Lied, das ich gespielt habe, als wir uns das erste Mal trafen, und Sie werden den Teil des Heiligen Geistes empfangen, den Gott mir gegeben hat. Du wirst jetzt der Prophet sein, Célio."

„Ich erinnere mich nicht", gestand er.

„Kommen Sie, probieren Sie es aus, es fängt mit einem D

an.“

Und dann schlug Célio einen D-Akkord auf dem Instrument.

„Sing es, Célio... Sing mir Lieder über Jesus...“

„Singt mir Lieder über Jesus...“ – er gehorchte.

„Und jetzt eine A-Form. Weil er derjenige ist“

Célio zupfte einen A-Akkord:

„B-weil Er der Eine ist...“

„Dann h-Moll und G...“ – sagte der Prophet, als er seinen letzten Atemzug tat.

Celio war verzweifelt.

Er versuchte, den letzten Wunsch seines toten Freundes zu erfüllen ... und so begann eine Abfolge von D-, A-, h-Moll- und G-Akkorden. D, A, h-Moll und G und wiederholte sie so lange, bis er einen Rhythmus fand.

„Singt mir Lieder über Jesus;

Weil er derjenige ist;

Singen Sie mir bitte Jesuslieder vor;

Denn Er ist mein Herr ...“

Und dann drang der Heilige Geist in sein Wesen ein, er spürte eine Kraft, als würde Elektrizität durch seinen ganzen Körper fließen.

„Sifaliel, deine Mission ist noch nicht vorbei. Steh auf und sei guten Mutes!“ - beschloss Célio und der Engel erwachte sofort wieder zum Leben.

Dann wandte sich der Pizzabote an William:

„William, Prophet Gottes, nimm dein Leben zurück. Erheben!"

Aber nichts ist passiert.

„Auferstehung, William! Im Namen des Herrn Jesus Christus!“

Aber es gab keine Wirkung.

„Seine Mission ist beendet, Célio." - Sagte der Engel. „Aber lehnen Sie sich zurück und hören Sie sich meine Geschichte an, denn Ihre Mission beginnt jetzt."

26. RACHE.

Sifaliel und Célio gingen einige Minuten um Serra Negra herum, bis sie den klaren Standort ihres Ziels erkannten. Die Burg erschien aus dem Nichts und war von einer Feuerwand umgeben.

Sie fuhren zum Eingang der Festung und Sifaliel schwang sein zerbrochenes Schwert gegen die Feuerwand, in der sich ein Loch öffnete.

„Lass uns schnell vorbeigehen, meine Macht ist nicht mehr die, die sie einmal war. Es kommt mir vor, als würde ich verschwinden.

Und so betraten sie die Gärten der Festung von Jarede,

ohne zu wissen, was sie im Inneren der Burg erwartete.

Das Duo ging durch lange Korridore, geführt vom Schwert Sifaliels, der wieder ganz sein wollte.

„Es ist dort drüben", informierte er uns, während er durch das riesige Gebäude navigierte.

Dann betraten sie einen großen Raum, in dem Jarede schlief.

Um ihn herum die leblosen Leichen seiner Bräute, tausend Fleischpuppen, die nichts tun konnten, während ihr Schöpfer bewusstlos lag.

„Es ist unsere Chance." Sagte Sifaliel zu Célio.

Als sie auf das weiche und glatte Fleisch der halblebenden Schaufensterpuppen traten, die Jarede manifestiert hatte, empfand Célio eine Mischung aus Entsetzen, Bewunderung und völligem Schock, als er so etwas erlebte.

Sifaliel reichte Célio sein Schwert. „Töte ihn. Meine Macht ist erschöpft und du hast die Macht des Propheten erhalten. Das ist jetzt deine Mission."

„Ich kann nicht. Ich bin kein Mörder, ich bin ein Christ... Du sollst nicht töten... Es steht geschrieben...“

„Er hat William indirekt getötet ...“

"Du tust es."

„Ich bin zu schwach, ich weiß, dass ich es nicht kann. Ich muss so schnell wie möglich zurück in den Himmel, dieser Schlamassel ist zu weit gegangen, Celio. Sei schnell, bevor er aufwacht.“

"NEIN." - Célio hatte nicht den Mut.

"Ich werde es tun." -Sagten Nhádia und ihre Schwester Aidhan im Chor, als sie aus den Schatten auftauchten, in denen sie sich versteckten.

„Gib mir das Schwert und ich werde es tun.“

Als Célio die monströse Kreatur sah, erschrak er und ließ das zerbrochene Schwert zu Boden fallen.

Aidhan benutzte seine Tentakel, um die Waffe aufzuheben und schnitt Jarede ohne zu zögern den Kopf ab.

Im selben Moment verschwanden die Leichenbräute, die Möbel und der Rest des Banketts verschwanden und sogar das Schloss verschwand.

Nhádia blieb jedoch, was sie war: eine groteske Lovecraft-Kreatur.

Auf dem Gipfel des Berges standen sich die drei im Mondlicht einen Moment lang schweigend gegenüber.

"Ich verstehe nicht". - sagte Nhadia.

„Es war Jarede, der wollte, dass ich in diesem Zustand blieb. Warum wurde ich nicht wie alle anderen regeneriert?"

"Ich weiß nicht." - Lied Sifaliel. Aber er wusste es. Wenn Nhádias Metamorphose nicht rückgängig gemacht worden war, dann deshalb, weil dies Jaredes Wunsch war, der zumindest einen Hauch von Gerechtigkeit enthielt. Es war die einzige Erklärung.

„Ich wünsche mir, wieder normal zu sein!" - Nhádia

schrie, aber nichts passierte.

„Sieht so aus, als würden wir so bleiben, Schwester ...", überlegte Aidhan.

„Nein. Ich akzeptiere nicht!" - Nhádia schrie gleichzeitig, als sie sich mit dem magischen Schwert die Kehle durchschnitt und tot zu Boden fiel.

Sifaliel fügte die beiden Schwertfragmente zusammen und beschwor Worte in der himmlischen Sprache.
Es gab einen hellen Blitz und die Waffe nahm ihre Splitter auf.
Seine Kraft kehrte zurück, aber nur teilweise.

„Sifaliel..." – Genannt Célio.

„Jarede ist tot, warum bleiben die Risse im Himmel bestehen?"

Tatsächlich schienen die vorhandenen Tränen überall und in allen Höhen schlimmer zu werden.
Neue und größere Öffnungen erschienen und es war eine Frage der Zeit, bis Dämonen durch sie eindringen

würden.

„Das Schwert ist nicht vollständig." - Den Engel überprüft. „Jemand hat das letzte Fragment und benutzt es noch schlimmer als Jarede. Es ist die einzig plausible Erklärung."

27. UNTERBROCHENES SCHICKSAL.

Júlio wachte auf und hörte Weinen.

Er drehte sich im riesigen Bett seiner Villa zur Seite, aber Ingrid schlief tief und fest.

Er setzte sich im Bett auf und sah dann die Erscheinung: Ein dunkler Schatten schwebte über Ingrid.

Das Wesen hatte schwere Fesseln und Ketten an seinen Armen und wimmerte traurig.

„Meine Kinder... ich vermisse meine Kinder so sehr..." –
heulte das Wesen.

Júlio stand auf und fragte sich, ob er träumte.

„Edmundo, wo bist du, meine Liebe, meine einzige
Liebe".

Dann beobachtete das Gespenst Júlio.

„Du! Du bist nicht Edmundo! Nakatomi! Ich weiß, wer
du bist! Du hast mein Leben getötet, mein Schicksal
unterbrochen! Du bist ein Monster, Júlio Nakatomi!"

„Verschwinde von hier, Geist!" - Júlio schrie voller Angst
und der Lärm weckte Ingrid.

„Edmundo? Was schreist du? Du hast mich aufgeweckt."

„Es tut mir leid, meine Liebe, es war nicht meine Absicht.
Ich hatte einen Albtraum. Ich gehe ins Wohnzimmer
und schlafe weiter.

Dieser Schatten. Es war kein Geist. Es war auch kein Dämon, überlegte er. Unterbrochenes Schicksal. Etwas stimmte sehr nicht.

Sieben Mal verfolgte die Erscheinung Júlio mitten in der Nacht.

Und am Tag nach der siebten Demonstration kehrte Júlio nach einem Supermarktbesuch nach Hause zurück und fand Ingrid mit einem Laken aufgehängt am Holzgeländer der riesigen Treppe, die das Wohnzimmer der Villa mit den Schlafzimmern verband.

Auf einem Zettel, der auf dem Tisch lag, stand genau das: „Etwas stimmt nicht. Ich wollte einfach einen Ort haben, an dem ich mich zu Hause fühle."

Er brüllte vor Verzweiflung und rannte in das Büro, wo er das Schwert im Safe aufbewahrt hatte.

Er öffnete den Mechanismus, schnappte sich die Scherbe und wünschte Ingrid zurück.

Aber nichts ist passiert.

Also wollte er in die Zeit zurückreisen, an den Tag

der Ballade, sie wiedersehen und alles noch einmal von Grund auf versuchen.

Aber es funktionierte nicht mehr.

Der Mann kniete auf dem Boden und weinte bitterlich, weil er nicht wusste, was er tun sollte.

Dann öffnete sich vor ihm ein Portal und durch die Öffnung traten Sifaliel und Célio ein.

„Es funktioniert nicht mehr" – verfügte Sifaliel. „Mein Schwert ist fast wiederhergestellt und dieser winzige Splitter nützt niemandem außer mir."

„Als Sie versucht haben, die Scherbe zu benutzen, habe ich Ihren Standort herausgefunden. Ich hätte nie gedacht, dass ich nicht einmal in der Gegenwart bin. Du hast die Scherbe benutzt, um in die Vergangenheit zu reisen ..."

„Ja... ich habe den Platz des Mannes der Frau eingenommen, die ich liebe. Ingrid... Ich habe das Leben eines Mannes gestohlen, der mehr Glück hatte als ich. Edmundo... Und ich habe die Existenz der einzigen

Person zerstört, die ich jemals wirklich mochte." - Nakatomi hat gestanden.

„Das Schicksal unterbrochen…" – Sifaliel verstand.

„Sag es mir, Engel. Wenn ich dir dieses Stück Klinge zurückbringe, kannst du dann den Schaden wiedergutmachen, den ich Ingrid zugefügt habe? Ich habe ihr den Mann genommen, den sie liebte. Ich habe ihr zwei Kinder weggenommen. Kannst du das Leben zurückgeben, das ich ihr gestohlen habe?"

„Sind Sie bereit, alle Konsequenzen zu tragen, um das zurückzugeben, was Sie gestohlen haben?"

"Ja."

„Gib mir die Scherbe."

Júlio reichte ihm die Scherbe und mit einer Beschwörung himmlischer Worte stellte Sifaliel seine Waffe wieder her.

„Ingrids Leben wird nicht nur wiederhergestellt" – verkündete Sifaliel. „Ich, Sifaliel, Soldat von Uriels Truppen, treuer Bote des Allerhöchsten Gottes, geboren im Himmlischen Königreich, nehme jetzt zurück, was rechtmäßig mir gehört."

Und als Sifaliel dies sagte, wurde seine ganze himmlische Macht wiederhergestellt, und sie strahlte erneut in großer Herrlichkeit, und sein Aussehen war sowohl schön als auch schrecklich.

„Alle existierenden Risse, alle Dämonen, die durch sie eingedrungen sind. Alles wird aufhören, wenn das Schwert von Sifaliel GERECHTIGKEIT schafft!" - Und so verkündete er, dass er Júlio mit einem einzigen, furchteinflößenden Schwerthieb den Kopf abschlug.

Und so wurde alles wieder so, wie es vorher war. Die vorhandenen Tränen verschwanden und die Dämonen entmaterialisierten sich und kehrten in die Geisterwelt zurück.

Die Zeitleiste kehrte zu dem zurück, was sie ursprünglich war: Ingrid traf Edmundo, den echten, sie heirateten und zogen nach Australien, wo sie zwei Kinder bekamen.

28. DIE DANKBARKEIT DER FÜRSTEN.

Nachdem seine Kräfte nun vollständig wiederhergestellt waren, nahm Sifaliel Célio mit nach Hause.

„Ich dachte, William würde überleben." - Célio beklagte sich, als er erfuhr, dass sein Freund nicht zurückkehren würde.

„Das Ende von Williams Reise kann nicht geändert werden. Aber der gute Prophet ist jetzt in der Ewigkeit, und eines Tages werdet ihr euch wiedersehen."

„Sifaliel, du hast diesen Mann getötet, bevor ich dir das Evangelium geben und über die Erlösung und Jesus Christus sprechen konnte."

„Ich bin dir für deine Hilfe dankbar, Célio, aber sprich nicht mit mir, als wäre ich nur ein Mensch. Ihr Männer sorgt euch um Erlösung und Erlösung. Ich werde weiterhin um Gerechtigkeit besorgt sein."

Und nachdem er dies gesagt hatte, öffnete er ein Portal vor sich, trat hinein und verschwand.
Célio seufzte resigniert, ging in sein Zimmer, holte seine Gitarre aus dem Schrank und begann, auf dem Instrument zu klimpern.

"Wie ist es gelaufen? D... A... h-Moll... und G... D A, Bm und G..."

„Singt mir Lieder über Jesus;
Weil Er der Eine ist;
Singen Sie mir bitte Jesuslieder vor;

Denn Er ist mein Herr ...“

DAS ENDE

ÜBER DEN AUTOR

Wagner Paiva Fernandes

Geboren 1981 in Guarulhos – SP (Brasilien). Abschluss in Literatur. Seit 18 Jahren Justizbeamter bei TJSP.
Er schreibt über christliche Themen, das Übernatürliche, Investitionen, Musik, Technologie, Finanzbildung, Vorbereitungskurse, Gedankenprogrammierung, Schnelllesen und Rollenspiele.
Folgen Sie diesem Autor auf Twitter: @WagnerTesla
Und auch auf Youtube @wagnerpaivafernandes

Weitere Bücher des Autors (alle auf Amazon KDP):

1. Vinte Segredos Bíblicos para viver (e morrer) melhor. (Portugiesische Ausgabe).
2. Anjos caídos, nefilins, gigantes, monstros e demônios.(Um Guia prático para entender os eventos de Genesis 6). (Portugiesische Ausgabe).
3. Apostila de apoio aos estudos das exigências de conhecimentos específicos (Concurso público de oficial de justiça TJSP 2023). (Portugiesische Ausgabe).
4. O Método Modo de Emergência (Para quitar dívidas, construir

riqueza e atingir sucesso e felicidade) (portugiesische Ausgabe).

5. Os Segredos da Leitura Dinâmica: Technische Revolutionen, um schneller, schneller und schneller voranzukommen. (Portugiesische Ausgabe).

6. Elon Musk erobert Marte (als SpaceX und Planet Erde). (Portugiesische Ausgabe).

7. Perigos und Segredos do Marketing Multinível (MMN). (Portugiesische Ausgabe).

8. WPF-Insta-RPG: O RPG Instantâneo. (Portugiesische Ausgabe).

9. D6-RPG. O Jogo RPG Minimalista. Abenteuer mit einem Alter von 6 Jahren.

10. Como ser aprovado em Concursos Públicos. (Portugiesische Ausgabe).

11. 70 Afirmções para reprogramar a mente (Mais otimismo, coragem, sorte e criatividade em menos de 90 day). (Portugiesische Ausgabe).

12. Sifaliel, O Anjo da espada quebrada (portugiesische Ausgabe).

9 7 9 8 8 5 7 8 9 5 7 3 3